I0520147

HAGGIS TALK!

Scottish Humour In Verse

By
Ian Myers

HAGGIS TALK!

Copyright © 2020 Ian Myers.

ISBN: 978-0-9995430-7-6

All rights reserved.

This book or any portion thereof may not be reproduced or used in any manner whatsoever without the express written permission of the publisher except for the use of brief quotations in a book review.

Published by Haggistalk.com
2021

Cartoons by Scott Relth.

Cover design by Ian Myers.

Back cover illustration
By Natalie Hubbert.

TABLE OF CONTENTS

PART ONE 1

    HAGGIS U.S.A. 2

    BEWARE THE BURNS SUPPER WINDBAGS!.............8

    A TOAST TAE THE LASSIES 10

    EX-PAT NUMPTY! 13

    DEAR RABBIE: 15

    HAIL TAE THE CHIEF! 16

    TAE A TENPENNY NAIL 19

    BURNS NIGHT RANDAN 20

PART TWO **23**

    EMIGRANT'S LAMENT 24

    I HAE AN URGE! 25

    HAPPY BIRTHDAY, MAGGIE!...................27

    ODE TO THE GREAT HIGHLAND BAGPIPES.............28

    MY REALITY...30

    SUGAR AND SPICE? 31

    THE GUID AULD DAYS 33

    ROMEO AND JULIA 35

    I WONDER! 36

    TAE AULDER FOLK 37

    HER SMILE 39

    MY SEARCH...40

    NUCLEAR WINTER 41

    WHAT MAN BE LAITH?........................42

    WEE BOY MEETS BIG BEETLE...................43

JEAN AND TAM 44

MY MOTORBIKE...45

RABBIE'S DILEMMA, ...50

A FAREWELL TOAST TAE JINTY AND GEORDIE 52

MY TRIUMPH 53

PART THREE **59**

MY PAL..60

THE NEW MEENISTER..61

EILEEN..67

MIDDLE AGE 69

WHEN THE WIFIE'S AWA!...................................71

A CADGER'S REVENGE!......................................72

THE TALE OF EFFEN DICK 75

BREAKING WIND! 77

EPILOGUE TO BREAKING WIND 82

CALLUM'S SECRET 83

THE HONEYMOONERS..85

GLOSSARY 89

ABOUT THE AUTHOR...91

This collection of poems is dedicated to The Immortal Memory of Robert Burns and to Scots around the world who revere his songs, poems and natural genius.

SOME COMMENTS ON "HAGGIS" POEMS

"Wow! I enjoyed this book – it is so funny and interesting."
(Christy Laden, Las Vegas, NV.)

"A brilliant wee collection – funny, uplifting, skillfully written and infused with heartfelt patriotism"
(Lorna Wallace, Glasgow, Scotland.)

"Thoroughly enjoyed this book. It sure took me back tae a' the auld sayings and history of oor wee toon Renfrew on the Clyde."
(Wilma Colquhoun, Calgary, Alberta.)

"I've read right through "Haggis" and really enjoyed every poem."
(Cathie Dickson, Glasgow, Scotland.)

"As a Scots-Canadian and also a Bagpiper, I found this book of poems funny, witty and brilliantly written. I plan on reading some out at our next Burns Night." (Craig Buchanan, BC, Canada.)

"A memorable collection of Scottish words in humorous verse. A wurthy wee keepie!" (David Baxter, San Jose, CA)

INTRODUCTION

Every January, world-wide, an estimated 9.5 million Robert Burns devotees gather at Burns Suppers.

These uniquely Scottish festivities will conform to time-honoured traditions, whether being held in home or hall.

Since there is a plethora of internet sites, magazines and 'How to' manuals about Burns Suppers, I'll focus here on the why and how this wee book was written:

Considering the fact that Scots in general are blessed with a dauntless sense of humour, I'm hopeful that "HAGGIS TALK!" will appeal to those who enjoy comical and unpretentious verse written in their own dialect.

Primarily intended to entertain Scottish diaspora, it offers nostalgic fun to the countless ex-patriates surfing the web.

I chose this title because it relates to the content and that the events and characters portrayed will provide extra ammunition to those Burns Club jokers and comedians who take the floor *after* all the formalities are observed.

Since I hail from Renfrew, a short tram ride (lang syne) from Glasgow, it is natural for me to write in the Clydeside parlance which, although robust and colourful, can at times be somewhat wersh.

To facilitate the flow I invoke poetic licence utilizing a mix of broad Scots, Glaswegian and standard English.

In my opinion, this wording is relatively easy to read and recite, especially for those familiar with Rabbie's works.

I sincerely hope that readers derive as much pleasure from my verses as I have from those of Robert Burns.

His poems and songs reveal more beauty and poetic genius each time I read them.

Robert Burns

25th January, 1759---21st July, 1796

"Fair fa' your honest, sonsie face,
Great Chieftain o' the puddin'-race!"

PART ONE

The poems listed below are aimed at entertaining Robert Burns enthusiasts, *after* the traditional formalities of a Burns Night celebration are observed.

POEMS

HAGGIS USA

BEWARE THE BURNS SUPPER WINDBAGS

A TOAST TAE THE LASSIES

EX-PAT NUMPTY

DEAR RABBIE

HAIL TAE THE CHIEF

TO A TENPENNY NAIL

BURNS NIGHT RANDAN

HAGGIS U.S.A.

The place was California
in the month of January;
The date was Five and Twenty
and the Scots were fou and merry!

This special nicht was gaun as planned,
the Bill of Fare delicious;
Noo cam the time for a' tae stand
and welcome in the Haggis:

In marched the Piper then the Chef
wha held the platter bearin'
"Great Chieftain o' the puddin-race!",
oor proud and halesome farin'.

The Chairman introduced his guest
wha claimed that he'd addressed
The Haggis many times before
with excellent success:

He spoke the first twa verses fine
wi' practiced voice inflection
Till "Cut ye up wi' ready slight"
Then he went intae action:

The knife he raised wi' knuckles white
high owre the Puddin's navel,
Then brocht it doon wi' unco might
and speared it tae the table.

Yon Haggis shuddered at the blow,
the plate it sat on shattered;
The Speaker's hielan' dress sae braw
wi' reekin' entrails splattered.

Transfixed, the company juist sat,
amazedly beholding
The spectacle and drama
that before them was unfolding:

The culprit's face turned scarlet
as he realized his blunder;
Fair mesmerized he boggled at
the Cratur rent asunder.

That feckless chiel looked quite absurd
still hunched across the table,
Still quoting Rabbie word for word
in ane continuous babble.

His tremblin' hauns the knife still clutched
sae ticht the Puddin' quivered;
His nose, gey close, inhaled each gust
thon hurdies still delivered.

Inhalin' reek, exhalin' rhyme
till he began tae stagger,
Oor hero then judged it was time
tae extricate the dagger.

He pu'ed and strained, he huffed and puffed,
his rear reciprocating,
Juist like the auld steam engine chuffed
or mutt intent on mating.

Wi' every pu' the puddin blew
anither fragrant puffer,
Whiles muckle wide the puddle grew
a' owre the table cover.

At last wi' ane almighty jerk
the blade was liberated;
The Haggis loupet as the dirk
frae it was separated.

Ane end fell danglin' owre the edge
suspended by the ither
Which through the leakin', reekin' mince
began its wey tae slither.

He breenged tae catch the dreepin' pud
in frantic desperation,
But slid upon some juicy crud:
Oh!, sich humiliation.

The wey he landed on his erse
was slapstick, pure and classic;
It was a blessing that gowk wore
his trews tied wi' elastic.

His frazzled heid began tae swim
as doom on him descended:
I wondered if a fate sae grim
was e'er sae weel attended!

As if on cue the Chef appeared
tae salvage his creation;
In nick o' time he saved yon loon
frae further tribulation.

He stuffed the errant innards back
inside that vengefu' haggis
Then scooped the mince wi' spoon and fork
intae some plastic baggies.

The Speaker slobbered tae his feet,
an abject, tragic figure;
The Chef juist watched and shook his heid
but then began tae snigger.

The retribution dealt that chiel
his anger had transcended
And soon the crowd hee-hawed as weel
as mirth the tension ended.

Thus true poetic justice served
that haggis mutilator:
Remember this, if someday YOU
intend t'address the Cratur!

BEWARE THE BURNS SUPPER WINDBAGS!

On Robert Burns there's much been said
By pseudo intellects,
Their words aye crammed wi' syllables,
The listener tae perplex.

By those wha'd prattle on at length
And tell ye naethin' new,
Or tell ye something Burns could say
In juist a line or two.

Then there's the would-be Burnsophile
Wha really wastes your time,
Wha kens the words but never gave
Ae thought tae naught but rhyme.

In Burns' day, the same windbags
Would Rabbie adulate:
'Twas measure o' his greatness that
They failed to turn his head.

That he survived the windbags' guff,
His Giftie still intact
Was tribute tae the rarer stuff
Of mighty intellect.

So, tak' your lessons straight frae him
Wha's birth ye celebrate,
Then Rabbie's wheat frae windbag chaff
Ye'll learn tae separate.

"O wad some Power the giftie gie us
To see oursels as ithers see us!"

A TOAST TAE THE LASSIES

Consider the girls
In skirts, pants or frills,
Sae gentle, sae kind
Till they change their minds.

They'll check ev'ry shop
And shop till they drop;
They'll no' take a break
Even though their feet ache.

And if there's a sale
They're certain that they'll
Spend faur less than they've
Been able tae save.

They aye want tae yap
When men want a nap
Or wake them tae blether
On washin' day weather.

Quite willin' tae please,
They'll put you at ease
And tell you: "a'right,
Tonight is *Your* night!"

Then a barb like a dart
Flies straight at your heart:
"Oh honey, Oh sugar"
Turns tae "Aff, ye big booger!"

They'll tend tae the weans,
Keep them dry when it rains;
Wipe their bum or their nose,
Nae matter how gross.

And when they are bad
They'll skelp them then add:
"Juist wait!" they'll exclaim:
"Till your faither comes hame."

And when he comes hame
He gets a' the blame
For bein' at work
When they're acting up.

•••••

I've never yet seen
A prettier sight,
Juist lookin' aroon
Gi'es me unco delight.

And I shairly ken
That Rabbie, oor Bard
Wad write them a poem,
Their luve tae reward.

So Gentlemen, Please,
Now raise up your glasses,
It's our honour to toast
These wonderful lassies!

EX-PAT NUMPTY!

I hae a guid freen
On whom I can lean
Whenever I need any money,
      But noo and again
      He gies me a pain
For he can be sich a big phony.

Afore he left hame
He seldom would claim
Tae be proud o' his family tree,
      But noo he affects
      An air that reflects
His grandiose Clan pedigree!

Now here in The States
He proudly relates
Tae American fans o' the Scots;
      A Chieftain is he
      By ancient decree
Wi' privilege and honour, of sorts.

On ev'ry Burns Night
My freen becomes quite
A Dignit'ry all of a sudden;
As he marches by
Wi' Haggis held high
I wonder, juist which ane's the Puddin'?

DEAR RABBIE:

Dear Mister Burns, can you condone
My puir attempt tae write a poem?
My words are short and scant o' style,
My rhyme and metre, puerile.

My fondest wish, as you can tell
Is that I'll learn tae express mysel',
Tae pen a thocht, tae share the guid
Wi' folk wha'll tak' the time tae read.

Your songs and poems, sae lyrical,
Sae powerful, satirical;
They speak o' things sae dear tae me
I'd swear ye wrote them juist for me.

Since I've admired ye a' my days
And sense thy inmaist thochts and ways
Daur I tae hope that magic'ly,
Your Giftie micht rub aff on me?

HAIL TAE THE CHIEF!

The Chief o' the Clan,
A weel endowed man
Wears his kilt wi' nae trews underneath;
When he birls aroon
The lassies a' swoon
And the laddies start grittin' their teeth.

His wifie's a lass
Wha shows she has class
By suppressin' a burp wi' her fist;
But I caught her ance,
Purely by chance
Coyly wipin' her nose wi' her wrist.

This toffee-nosed pair
Wi' grandiose air,
Say that drinking and dancing are sins,
But sneak her a shandy,
Him a wee brandy,
They'll be wheechin' till daylight begins!

TAE A TENPENNY NAIL

Ye're juist a nail, I'm weel aware,
Picked oot a bin frae hundreds mair;
I needed you tae mend a chair
      But noo I ask:
How could I ever use ye for
      Sae dull a task?

Sae smooth and bricht wi' siller sheen
That gleams and sparkles in the sun,
A sleeker shape I've never seen,
      Sae straight and true;
I'll ne'er believe a mere machine
      Created you.

The perfect balance o' thy form,
The wey ye nestle in my haun;
Could I in luve wi' you be fa'in?
      If this be true
Yon job can wait for I'll be gaun
      Tae buy some glue!

BURNS NIGHT RANDAN

Wi' Burns's poems loud and clear
Resoundin' in ye'r Scottish ear
Ye hae the perfect atmosphere
Tae welcome in the Haggis
And prime the folk a' gethered here
Tae honour Rabbie's genius.

The fare wi' Rabbie's Grace wis blessed
Then Bill McClint, the Yankee guest
Noo maks the Haggis' grand address
Tae some effect,
But maistly folk are no' impressed
Wi' Billy's dialect.

Afore I follow up that verse
I feel compelled tae first confess
My envy o' Burns' naughtiness
Wi' a' these queans
Wha luved their Rabbie nane the less
For makin' weans.

The Bill of Fare, yon Chef's creation
Is swalt wi' gumsie mastication
And alcoholic lubrication
As sangs and toasts
Are a' accorded loud ovation,
As are oor hosts.

Chasin' doon their Scotch wi' Brandy
Some tipsy lads get unco randy;
I weesht a camera wis handy
Tae catch them plootered,
Whiles trollin' for some houghmagandie,
Though lang syne neutered.

PART TWO

Poems cover a range of subjects from bagpipes to beetles, sharing observations, experiences and ideas. Mostly lighthearted, but sprinkled with several serious or thought provoking sentiments like "My Reality" or "Rabbie's Dilemma". These verses continue the main theme, namely Mither Scotland and her bairns:

POEMS

EMIGRANT'S LAMENT
I HAE AN URGE
HAPPY BIRTHDAY MAGGIE
ODE TO THE GREAT HIGHLAND BAGPIPES
MY REALITY
SUGAR AND SPICE
THE GUID AULD DAYS
ROMEO AND JULIA
I WONDER
TAE AULDER FOLK
HER SMILE
MY SEARCH
NUCLEAR WINTER
WHAT MAN BE LAITH
WEE BOY MEETS BIG BEETLE
JEAN AND TAM
MY MOTORBIKE
RABBIE'S DILEMMA
A FAREWELL TOAST TAE JINTY AND GEORDIE
MY TRIUMPH

EMIGRANT'S LAMENT

I noo ken whit my Grandfaither meant:
"If ance ye start roamin' a' roon,
Ye'll find neither peace nor content
For an emigrant never sets doon":
Then he smiled, for he kent 'twas in vain.

My auld Granpa's advice I'll pass on
Ye can tak' it or leave it alane,
I didnae tak' it, the itch owre strong,
But gratefu' that I can still claim
Tae be Scottish, although faur frae hame.

I HAE AN URGE!

I hae an urge tae write some verse
Wi' words that rhyme, mair or less;
Or epic poem which would convince
        The Powers that be
That Man, in lieu o' war prefers
        Posterity.

I hae an urge tae pen a piece
Abundant wi' profundities,
Sae crammed wi' ambiguities
        'Twad shairly be
Tae umpteen wise philosophies,
        The vital key.

I hae an urge tae satirise
Yon Shylocks wha capitalise
On ilka honest man wha tries
        Tae clear his debts,
On thieves wha'd tax e'en his demise;
        The I.R.S.

But noo I'm urged tae clear the air:
These lofty thoughts wi' you I share
Are based on hope, no' bleak despair
      For humankind;
Juist look; ye'll find guid ev'rywhere,
      Unless ye're blind.

HAPPY BIRTHDAY, MAGGIE!

There are Margos and Megs
A' ower the place,
There are Margarets and Margies forbye;
Maist o' them winsome
O' figure and face
But nane quite like Maggie Milngavie.

There are young yins and auld yins
And some in between,
There are big yins and wee yins forbye;
Some that are fatties
And some that are lean
But nane like wee Maggie Milngavie.

Oh Maggie, Dear Maggie,
Ye're silver and gold,
A jewel, and nane can deny
When The Guid Lord made you
He broke up the mould;
Ye're a treasure, sweet Maggie Milngavie.

•••••

If ye cannae rhyme Milngavie
Ye require mair Glesca savvy
Or, search the web and verify
That the name's pronounced MULLGUY!

ODE TO THE GREAT HIGHLAND BAGPIPES

In conflicts and war ye're aye at your best,
Your fierce battle cry and bold fearlessness
Allay combat stress wi' soul-stirrin' zest
      In the weariest man
And stirs up the pride sae often suppressed
      O' monie a clan.

Though warlike we ken ye're destined tae be,
Wha's yet heard the skirl of onie strathspey,
Like piped "Hielan' Laddie" or "Bonnie Dundee"
      Wi' feet tacket doon?
And wha'd daur tae smirk at a tearfu' Scots e'e
      At "Auld Lang Syne?"

And whaur's the ubiquitous Scots emigrant
Wha strives and wha thrives on each continent
Wad hear a lone piper's nostalgic Lament
      And couldna but miss
The heather, the glens, the braes that he kent,
      And ance were a' his?

Or wha'd no' admire the Dancer's spry grace?
The poise and rhythm as she proudly displays
A gentle and comely aspect o' her race
      And never perceived
The flawless foundation o' music and pace
      The Dancer received?

Frae bright joyfu' Skirl tae grieving Lament
Ye're ordained tae be the true instrument,
Oor heritage and stamp tae mankind represent
      A' owre God's Earth;
A constant and gallantly fine testament
      Tae Scotia's worth!

MY REALITY

I close my eyes and watch
The sun set o'er the Firth of Clyde
And hear the murmur of the evening tide
As it gently rearranges on the shore
The pebbles it arranged the morn before.

I close my eyes and see
The distant mist enshrouded Ben
Or hear the stillness fill my Lowland Glen
As the radiant moon begins her silent flight
And the gloaming softly yields unto the night.

I close my eyes for then,
Then what I see is what I see
And what I hear is my reality:
This gift from God my restless mind sets free,
Transporting me to where I'd rather be.

SUGAR AND SPICE?

The sun was warm,
The summer breeze
Caressed her shining hair
As she kneeled down
To gently seize
A flower that blossomed there.

She thread it through
Her golden hair
And fixed it wth a bow,
The slender stem
Above her ear,
The petals at her brow.

Pleased with her work
She skipped along;
This young adventurer;
Perhaps a lark
Would sing his song
Especially for her.

She paused and blinked,
As children will
Then breathed a girlish sigh
For at her foot,
A miracle,
A gorgeous butterfly!

She kneeled again
Her heartbeat fast,
Then with a stifled gulp
Her trembling hands
The creature grasped
And crushed it to a pulp!

THE GUID AULD DAYS

Sodden raincoats, flannel suits,
Black umbrellas, wellie boots;
Pinstripped troosers held in place
Wi' safety pins, juist in case!

Woollen jumpers, ironed shirts,
Fair Isle jerseys, tartan skirts;
Skippet bunnets menfolk wear
Tae cover up their thinnin' hair.

Women's monthly sewing bees,
Swillin' tea at Kirk soirees,
Margarine on sodie scones,
Currant buns as dry as bones.

Teenage parties, Postman's Knock
And The Grand Old Duke Of York,
Soggy trifle, aipple pie;
Neckin' lassies on the fly.

Sunday morning discipline,
Kilt and sporran, squeaky shin,
Bellows organ wheezing hymns,
Pedaled by arthritic limbs.

Sunday dinners, saying grace,
Roast beef served on cheenie plates,
Mither's warnin': "Tak' mair care
Wi' ma precious silverware."

•••••

Noo, whit's still left I micht be missin'
If I curtail this reminiscin'?

ROMEO AND JULIA

I showed my love a rainbow,
She fussed about the rain;
I showed my love a mountain,
But she preferred the plain.

I showed my love the sunset
But she was not impressed;
She had to go do something else
At the very earliest.

I gave my love a painting,
Said she "The frame's all wrong."
I wrote my love a poem,
Said she "It's much too long."

I gave my love gold earrings
Thinking "Maybe this will work!"
Thanking me, she murmured: "Darling,
You're such a gallant jerk."

I groaned "You're so contrary"
To this she coyly said:
"Why don't you quit romancing me,
Make love to me instead!"

I WONDER!

An apple tree turns compost into apples
With help from Mother Nature's sun and rain;
An artist creates joy from bits and pieces
That other men abandon with disdain.

A child may turn a stick into a scepter
And bless his world of beauty and content
While others stamp and scream for gaudy playthings
To gratify their greedy, selfish bent.

I wonder at this fundamental difference;
Why some are blessed and others merely born;
Why some can live and grow in mind and spirit
While others such attainments only scorn.

TAE AULDER FOLK

D'ye mind that great impediment
          Tae Keelie social standing:
The flat inside a tenement
          Wi' lavvies on the landing?

D'ye mind if yours, like maist o' them
          Lacked onie kind o' licht;
D'ye mind if ye got fearfu' when
          The call wad come at nicht?

For tho' the stairs were dimly lit
          By mantles burnin' gas,
Thon lavs had nae sich benefit
          But handy, nane the less.

Did ye tak' a candle doon wi' ye
          And matches, juist in case,
So you could read a comic tae
          Dispel ye'r nervousness?

That lavvie door wi' muckle key
          And holes for ventilation
Maun heid the list o' things that be
          The cause of emigration.

Though noo the lav's departed from
        Oor modern architecture
It was, juist like the reekin' lum,
        A necessary fixture.

So this I write wi' hopes tae gie
        Oor bygone lavat'ry
Its rightfu' place, alang wi' me
        In Scottish history.

HER SMILE

Her smile, so warm, so feminine
Set instantly aflame
The dormant embers deep within
My soul, my inmost being.

Her eyes, so deep, so wise and kind
Yet enigmatic, haunt
My sleepless night, my peace of mind;
My sanity they taunt.

Though oft I try to concentrate
My mind on other things,
There's naught I've found can compensate
The void her absence brings.

How aches my heart, words cannot say,
Oh, were it in my power;
A year I'd gladly trade away
To be with her one hour.

MY SEARCH

When I was twenty, Time
Would drag across my life, across my world
While I waited for Life's purpose,
My Destiny, to unfold.

When I was forty, Time,
While still my friend, a miracle became
As I searched around my world
To find my Destiny, in time.

When I was sixty, Time,
My friend no more, taunted my resolve;
I wondered if my Destiny
Was but vanity, after all.

When I was eighty, Time,
My friend again, epiphany revealed:
The Search had been my purpose thus
My Destiny was fulfilled.

NUCLEAR WINTER

The sun comes up,
The sun goes down
But where I'm from
It turns to brown
Behind the ash,
Debris and grime.

The moon and stars
Shine every night
But where I'm from
They're out of sight
Behind the clouds
Of man-made gloom.

The living sky
Is now a void;
The world God made
Man has destroyed;
The sun still shines
But Man is dead!

WHAT MAN BE LAITH?

What man be laith the warld tae ken
That he frae Scottish Hielan's came?
That man ne'er trod on Scotia's ground;
That man is no' in exile found
Wha's Clan he'd spurn.

What man be laith the warld tae ken
That he frae Scottish Lallan's came?
That man could never earn respect
But sic a man I daur suspect
Was never born.

What man be laith the warld tae ken
That he frae Scottish Islaes came?
That man wad raither die o' shame
Than let onie feckless fool defame
His birthplace or his name.

What man be laith the warld tae ken
That he o' Scottish blood was born?
That man deserves but pity since
The warld at him will look askance
Wi' naught but scorn.

WEE BOY MEETS BIG BEETLE

Big black shiny beetles
With horns and things
Are not afraid of me;
I tripped on one
The other day
But he didn't care,
He just kept beetling
On his way
As if I wasn't there.

I picked him up
And shortly found
That if I turned
Him upside down
He'd spin around,
Around, around,
Until his feet
Regained the ground.

Soon off he went,
Once more intent
To wend his way,
Come what may,
To where a beetle
Goes each day.

JEAN AND TAM

Wedded bliss for Jean and Tam
Was never meant tae be;
They argy-bargied a' the time
And fought fell bitterly.

Auld Tam tae me confided ance
Wi' juist a hint o' tears,
"Ian" said he: "That Jean an' me's
Been wed owre forty years.

I courted her when in my teens,
The world lay at my feet;
I thocht I only needed her
Tae make my life complete.

I married her tae gratify
The urgency of youth;
She married me tae get away
Fae'r Mither's naggin' mooth.

So listen lad and listen weel,
Ne'er wed a lass in haste;
These vows ye make, ye maunna break
And life's owre short tae waste."

MY MOTORBIKE

Freens think I'm daft because I'd like
Tae buy anither motorbike,
Tae ride it up intae the hills
            Juist fast enough
Tae bring me back the simple thrills
            O' carefree youth.

My ain first bike, a vintage ane
I bought for only twelve pound ten
Then wondered why it cost that much
            When I found oot
I had tae buy a brand new clutch,
            Or dae withoot.

I had it fixed and fu' o' pride
I took my lassie for a ride:
We're haufwey up the road tae Nairn
    When she yelled oot:
"I think ye've broke the big-end bear'n,
    Ye daft galoot!

Weel, how was I supposed tae know
The engine oil was getting low
When a' the wey she bent my ear
    Wi' lassie talk
And makin' it gey hard tae hear
    An engine knock?

"Ye'd better stop, ye've had it chum,
Ye'll blaw us baith tae Kingdom Come
I've had enough o' this machine
    And you an a',
I wish I'd stuck tae trav'lin' in
    Ma faither's caur."

"Aw, haud ye'r wheesht," tae her I said,
"Ye're welcome tae yon Standard Eight;
Ye wanted thrills and fresh air tae
    So hae a heart,
Besides, tae stop wad guarantee
    'Twad never start!

So back we went wi' muckle clank,
If we got hame the Lord I'd thank:
We trundled fifty miles or mair
        Fell red o' face
At smairt remarks and scornfu' stares
        At oor slow pace.

At long, long last we reached her hame,
She loupet aff, still torn wi' shame;
Withoot ane word inside she ran,
        Her wrath tae nurse:
Tae plead wi' her would be in vain,
        Or even worse!

So on I went wi' gritted teeth
And at my hoose, wi' great relief
I ended that puir engine's woes:
        Its stricken sighs
Accompanied the shuddrin' throes
        O' its demise.

For owre a week I let it cool
Then worked at it wi' frenzied zeal:
I stripped it till there came exposed
        Tae my chagrin,
Exactly as she'd diagnosed:
        A seized big-end!

I found the parts tae fit the shaft
But juist tae pry the auld anes aff
Demanded a' ma strength and guile
   And patience tae,
Plus special penetrating oil
   Tae ease the way!

Weel, finally it ran again,
Fair pleased was I tae get it gaun;
Afore I'd made a' these repairs
   I didnae ken
A flywheel frae a set o' gears
   Or roller bear'n.

I noo felt fairly confident
That lassie surely wad relent
And condescend tae make a date
   Wi' me again;
That her I wanted for a mate
   There's nae gainsay'n.

I took her oot that very night
And makin' up was sheer delight:
I promised I wad buy a ring
   And set the plans.
Said she: "There's juist ane ither thing
   Afore the Banns."

Whit this wad be I'd already guessed;
She looked relieved when I confessed:
"I hope ye'll no' be too upset
      Or faint wi' shock;
Tae buy your ring I'll have tae put
      My bike in hock!"

She said: "Aw, that's an awfy shame,
I'd hate tae think that I'm tae blame
For making you gie up your bike
      But cheer up Dear,
For we'll dae things I ken ye'll like
      A lot, lot mair!"

RABBIE'S DILEMMA,

In prospect of death.

Your love songs, poems and epic verse
  My jaded moods dispel,
The Lord hae gi'en ye lofty pow'rs
  As a' the warld kens well.

Your jabbets at the unco guid
  Oft gar me hesitate
At times when I'd be faur too proud
  O' words best left unsaid.

The Epitaphs and Toasts ye made,
  Your language sae sincere;
Yet though I luve the words ye said
  I'm perplexed at yon last prayer.

I'm puzzled at the thought that you
  Though dying wad adjure:
"Dear Lord, I'll no' affront thee noo
  By pleading for a cure."

"Naw, naw," ye said: "I'll tak' my licks
  Afore I'll promise thee
If gi'en back my health at a'
  A better man I'll be."

Was this tae say although ye kent
          Your life was a' but owre,
Ye'd raither be impenitent
          Than chance a broken vow?

These passions you could not suppress
          Almighty God foreknew;
You felt you should be blameless
          Since your Author Formèd You.

Eventually you did admit
          Your sins were self-intended,
Then earnest pleas ye did submit,
          Nae doot highly recommended.

On this I daur tae postulate
          These prayers were no' in vain;
Your Author chose to demonstrate
          His mercy ance again.

Ye suffered pain near fifteen year
          Afore ye passed frae here
Yet in that span those lofty powers
          Juist blossomed a' the mair.

As tae your prayer I'll no' gainsay
          That I still worry constantly
How things panned oot eternally
          Between the Lord and thee.

A FAREWELL TOAST TAE JINTY AND GEORDIE

(California Ex-Pats going back to Scotland)

We've heard that you're plannin' tae leave us,
Oh, wad that oor ears hae deceived us;
Did ye never consider it micht grieve us
       If ye juist gang'd awa?
So we're hopin' ye'll maybe forgive us
       For girnin' at a'.

Ye're shair tae be missed by monie's a freen
Wha thocht sich a day wad never be seen
That Jinty wad never again come aroon
       Tae hae a wee blether
Or tell ye a joke while winkin' her een
       Then giggle thegither.

Whiles Geordie's supply o' sly Teuchterisms
Alang wi' his topical sharp witticisms,
His droll and perpetually quaint humourisms
       We'll never replace;
Or when utterin' ineffable, weird Hielanisms
       wi' a smirk on his face.

Ye're leavin' us noo, it's a real cryin' shame,
This place will never, ever be the same
But here's tae ye baith, tae your new Hielan' hame;
       Juist ken that we feel
Oor imminent loss is Auld Scotia's gain,
       SO FARE YE BAITH WEEL!

MY TRIUMPH

This story begins when my last car expired,
I must find a new one, my ardour was fired
      However impractical;
I want a fast roadster afore I'm retired,
      Male menopausistical?

Strangely enough, I discovered by chance
A foreign caur dealer surrounded by Yanks,
      Then couldnae believe that
A fly Scottish salesman, in Glesca parlance
      Growled: "Tak' it or Leave it."

I bought a wee Triumph, a braw sporty caur,
Shaped like an arrow, a style I adore,
      An elegant sight;
A magical presence, charisma galore
      In virginal white.

Owercome by emotion, the caur buyer's curse
I was hustled awa' lest buyer remorse
      Began tae take hold:
The tale o' this Ex-Pat, for better or worse
      Was aboot tae unfold.

She drove like a dream, took corners with ease,
Alang the wide freeway 'twas riding the breeze
      Like a high flying cloud
And this little car built with Brit expertise
      Made me feel awfy proud.

To feel very proud is a perilous state
For pride will precede, as a Prophet ance said:
      A dangerous fa',
But rapt in my dream like a man newly wed
      Pey'd nae heed at a'.

Till ane day last summer came an end tae the dream;
The engine's low murmur had turned to the scream
      O' somethin' demented:
She was spittin' and retchin' and spewin' oot steam,
      The honeymoon ended.

Machinin' the face o' the cylinder heid
Took a couple o' weeks and my hard earned breid
      And that's juist the start:
This is fair warning if ye still care tae read,
      It micht break your heart.

Near three weeks went by, she performed a'right
Till ane o' the heidlights blew oot late at night,
      The ither wad blink;
The front o' that caur looked like a frog might
      Whiles gi'en ye a wink.

The next thing tae go was the caur's alternator
Or maybe it juist was the wee regulator,
        The battery went deid:
That great Prince of Darkness, my woes perpetrator
        Lucas, was noddin' his heid.

So I fixed it again, it wisnae that bad,
Juist suffered skint knuckles, the loss o' some blood
        And part o' my sanity;
My previous fervour noo tainted wi' doubt
        Alang wi' my vanity.

I love it, I hate it, I love it again;
I drive it, I fix it, fair taxin' my brain,
        This thraw'n TR Seven:
Should I keep it or sell it or leave it alane?
        But I'm laith tae give in.

When it's guid it's sae guid, incredibly guid,
But will it keep gaun? I'll huve tae knock wid
        Or offer a prayer;
If it breaks doon again I'll bawl like a kid
        But it'll no' care.

I swear it's got brains, it kens whit it does
And I ken that it kens if it disnae desist
        I'll look like a chump;
But if it continues tae gie me the biz
        It's gaun tae the dump.

Mysteriously at times I'm rewarded
Enough tae persuade me tae drive it undaunted
        As lang as it's clean
For each time I've washed it, it's always responded
        Tae soothe my chagrin.

Although it could mean that my trust's on the wane
And why this should be I've made perfectly plain
        But I cannae help braggin'
For I'd never trade it though it drives me insane
        For a boring Volkswagen.

Ane o' Jock Tamson's bairns!

PART THREE

On a typical Burns Night, after all the traditional entertainment, the host will no doubt open up the proceedings for the club jokers and comedians to volunteer their party pieces. These comical verses are offered to help keep the fun going until Rabbie's "AULD LANG SYNE" brings the festivities to a rousing close.

POEMS

MY PAL

THE NEW MEENISTER

EILEEN

MIDDLE AGE

WHEN THE WIFIE'S AWA'

A CADGER'S REVENGE

THE TALE OF EFFEN DICK

BREAKING WIND!

CALLUM'S SECRET

THE HONEYMOONERS

MY PAL

I hae a pal, a gifted lad
Wha's humour never fails,
The star at every pairty
Wi' sangs and funny tales.

The lassies get romantic when
He plucks his big guitar;
The wey he moons and croons at them,
He's like a movie star.

He plucks it slow, he plucks it fast,
He plucks it loud and saft;
In fact, he plucks that thing sae much
I think he's pluckin' daft!

THE NEW MEENISTER

(Based on an old Scottish anecdote)

'Twas Sunday Morn, the Kirk was fu',
Guid faim'lies filled up ev'ry pew;
As time drew nigh excitement grew
      Within the flock,
Especially for those members who
      Could see the clock.

When organ music filled the air
The choir conductor left his chair,
His baton waved wi' regal flair
      And dignity:
Twelve voices answered like a prayer
      In harmony.

In vestry room the Meenister
Was pacing up and doon the flaer
Whilst praying hard naught would impair
      His sermon to
The guidfolk gathered there tae share
      His grand debut.

Then a' at ance disaster struck,
His brand new wallie teeth got stuck;
A' he could say was "Clack an' Cluck!"
        Catastrophe!
This had tae be the De'il's ain work:
        Oh mercy me!

He pu'ed an' tugged wi' might an' main,
His face contorted wi' the strain
And a' but fainted fae the pain;
        There's scarce a doot,
These molars made o' porcelain
        Had taken root!

Soon panic took the luckless chiel,
His puggled heid began tae reel
As 'roon the room he staggered till
        Miraculously,
By some weird force centrifugal
        Yon teeth sprung free!

The Deacon tapped the door but ance,
The Parson sat there in a trance
Haud'n his face wi' tremblin' hauns,
        Starin' at his teeth.
"Come in!" he moans: Auld Wull juist groans
        In disbelief.

The puir man's plight was awfy plain
That efter a' yon earnest pray'n
His sermon's a' but doon the drain:
      How could this be?
His faith, his work, there's nae gainsay'n
      In Jeopardy.

Auld Deacon Wull, a forthright soul,
Aye sympathetic, sometimes droll
Said "Juist relax and calm yersel'
      Till I get back;
I ken a wey tae countervail
      This wee setback."

Wull got back in juist a minute
Haud'n a box wi' dentures in it:
"Try ane o' these, c'mon, I mean it,
    Dinna dither!
We're runnin' late and weel ye ken it's
    Noo or never!"

He tried a set and sure enough
It fitted him, juist like a glove:
"Oh, thank ye Wull, praise God above"
    Rejoicèd he:
"Let's go," said Wull "There's souls tae save
    Frae deviltry!"

The Sunday sermon was inspired,
The folk wi' Gospel zeal were fired
And left the kirk a' starry-eyed,
      A joyfu' band:
The Deacons happy they'd acquired
      Sae fine a man.

The Parson, flushed wi' his success,
Sought Deacon Wullie tae express
His gratitude and thankfulness:
      "Dear Wull" said he
"For sich guid work, the Lord will bless
      And prosper thee!"

Said Wull: "That's fine but don't you see
Your sermon's thanks enough for me?
And I'm juist gled that I could be
      O' help tae ane
Wha's still alive and certainly
      Ae healthy man."

"Sure, that I am" the Parson said
"And hope to be a lang time yet
But what you said I dinna get,
      And whaur's your freen'
The dentist, wham I've never met
      Or even seen?

"Weel, I'll be blessed!" Auld Wull replied:
"Sma' wonder that ye're mystified,
These teeth I brocht were no' supplied
    By onie denture maker."
Then chuckled he: "I'm Wull MacBride,
    The village UNDERTAKER!"

EILEEN

I met a lass sae winsome,
In love wi' her I fell;
Tae me she was quite perfect,
As faur as I could tell.

She said her name was Reilly,
Her given name Eileen.
"What's yours?" she asked me shyly:
I told her it was Ian.

'Twas then I noticed something
Which made me gie a grin:
"At what might you be smirkin?"
She asked wi' some chagrin.

"Dae you find them amusin'?"
For at her feet I stared:
"I ken ane heel is broken
And needs tae be repaired.

"But if ye're too embarrassed"
Tae tak' me on a date
Forget it Mac, for I'm no' fash't
Nor am I desperate!"

"Naw, Naw, Eileen" I answered her
And felt some guilty shame;
"It's no' that you are canted owre,
It's juist how apt's your name!

MIDDLE AGE

My back is stiff and prone tae creak
When I get oot o' bed;
My knees baith click and sometimes squeak
When stairs I hae tae tread.

My hair's still there, I'm glad o' that
But wearin' awfy thin,
If this keeps up I'll need a hat
Tae haud ma bunnet on.

My breeks hae shrunk, my shirts feel ticht
And nip in awkward places;
My shoes hae vanished frae ma sicht
Nor can I reach the laces.

"Your teeth are fine but some need filled."
Is what my dentist said:
Tae fill up a' the holes he drilled
He had tae use a spade.

Yet unimportant efter a'
The crosses I must bear
For I ken folk wha truly hae
The right tae wail faur mair.

Juist thankfu' that I've reached this stage,
Tae savour it is my intent
And though it's labeled middle age
I view it an accomplishment!

WHEN THE WIFIE'S AWA!

Is your chicken finger-lickin'?
Are ye'r bangers silence stricken?
Are ye'r flimsy paper platters
Wearin' icky sticky splatters
Suff'rin' microwave cremation
Frae severe irradiation?

Mince and totties constitute
A meal ye'll huve tae dae withoot
For they maun be slowly cooked
And will no' abide bein' nuked!

Och Aye, Och Aye! I wish ye luck,
Juist gled it's you, no' me that's stuck
Wi' scrapin' up sich greasy yuck
'Twad cause a maggot tae upchuck.

I'm weel aware whit's up above'll
Sound a lot like feckless drivel
But efter watchin' you the nicht
I wad opine ye've earned the richt
Tae pit ye'r feet up noo and hae
A dram or twa o' usquebae!

A CADGER'S REVENGE!

Hey, ye auld tramp, gang awa', gang awa'!
Dinnae pester these folk wi' ye'r tinnie
Hey, ye wee pluke, get awa' fae the door
Or I'll hae ye sent doon tae Barlinnie!

Hey, ye wee scamp, get awa', stey awa'!
Ye're a hobo, a midden, a cadger;
Hey, ye wee runt, get awa' fae ma pub
Or I'll gie ye a dunt wi' ma podger!

Ach! wait juist a meenit, a keelie back here
Says ye're great on the wee penny whustle,
So gie us a tune an' I'll let ye come in
And gie ye a tuppenny guzzle!

Surprised a wee bit, the auld yin went oot
And got ready tae play on his flute:
A crowd gethered soon, aroon the auld coot
Askin', "whit's this ado a' aboot?"

The wee fella kent yon bevvied brigade
Wad want tae hear something tae tell
O' whaur they had been or wanted tae be
So he started wi' ane they kent well.

It didnae tak' much tae get them a' gaun
Singin' "Glesca Belangs Tae Me" then
Up tae a rousin' "Scotland The Brave"
Wi' a bunch o' requests in between.

At ev'ry request his tinnie was blessed
Wi' coin o' silver and copper
And the publican guessed the former auld pest
Could help replete his till hopper.

Come in, ma wee freen, Ye've guid cause tae craw
Consid'rin' the crowd that ye drew;
Come awa' in the noo, ye'r fan club an a',
Ye'll be ready for buckets o' brew!"

"Juist haud on a bit" the auld yin replied:
"I hae mind o' your filthy-moothed snub
When swearin' ye'd never could ever abide
The idea o' me in your pub.

So I'll gang awa' noo and leave ye tae stew
On ye'r need tae improve ye'r bad manners
And go tae a pub mair freendly than yours
Whaur I'll spend a' my shullins and tanners!"

THE TALE OF EFFEN DICK

(Remembering Matt McGinn)

Not long ago the papers ran
A local expose
Regarding what was going on
In Effen town today.

Now Effen is a rural type
Of township; that's quite so,
But close enough to Glasgow
To house that city's overflow.

But there's anither story
Aboot this country toon
That Effen folks keep secret
Tae stop it spreadin' roon.

If ye promise no' tae gossip
And let their secret oot,
I'll tell ye o' the feckless chiel
This story's a' aboot.

His name was Dick, a country lad
Wha grew up milkin' coos
And got his youthfu' jollies
Watchin' rams mak' love tae ewes.

Cam' time that Dick grew auld enough
Tae exercise his fancies
O' lumburin' an local lass
At Effen ceilidh dances.

Alas! Alas! Puir Dick soon found
He wisnae quite their type,
They scunnert at his barnyard reek,
Sae ower honkin ripe.

So sadly Dick went on his way
But then began tae think:
These lucky sheep hae plenty fun
And love my Effen stink.

The details o' Dick's woolly tryst
I maun wad spare ye noo,
Suffice tae say The Effen Times
Reported it in fu'.

But if ye really want tae ken
And pledge tae haud ye'r wheesht,
The Effen Times might let ye view
Their Effen microfiche.

BREAKING WIND!

Got an invite tae go
Tae a high class event
So invested some dough
On claes I could rent.

I got myself ready,
Even shampoo'ed ma hair
And asked ma wee steady
Tae go wi' me there.

"It sounds very grand
But I huve tae refuse
For I'm no' a fan
O' these fundraisin' do's!"

So I went by mysel,
Was shown tae ma seat
And looked roon a spell
Afore startin' tae eat.

The gentry were here,
A' flauntin' their finery
On the uppermaist tier
O' this swanky big dinery.

A' strivin' tae get
Undivided attention
Tae make sure they got
A social page mention.

In this fancy setup
The starters came first;
Then salad and thick soup
I juist couldnae resist.

They next served up fish,
Sole boiled in milk;
A favourite dish
O' Scots and their ilk.

Then came the steak pie
Wi' liver and kidney;
Mashed totties piled high,
Fair swimmin' in gravy.

A side plate appears:
Mushy peas and baked beans
Plus a choice of fine beers
Tae wash it a' doon.

Tae top a' this aff
Came strawberry pie,
Siller coffee caraffe
And ice cream forbye.

I hadnae foreseen
How much I'd be eatin':
This sumptuous cuisine
Could never be beaten.

Unloosin' ma belt
I settled right doon,
Ma belly noo swelt
Like a barrage balloon.

The speaker was late,
A politico snub;
But the longer we'd wait
Meant a' the mair grub.

When he finally arrived
The gentry applauded
Though they kent that yin skived
Whilst honest folk plodded.

The speaker arose
His spiel tae emote,
Folks started tae doze
Or continued tae eat.

He persuaded a few
Tae part wi' some money
But the rest of us knew
His cause was a phony.

Comin' doon frae the dais
Tae mix wi' the folk
He'd lavish wi' praise,
Their support tae invoke.

He canvassed each aisle
Wi' meaningless quotes
But his vacuous style
Failed tae win any votes.

Reachin' me he juist stood;
Ma craw looped the loop
Whilst I felt a' that food
Begin tae regroup.

Right then he decided
He'd need mair applause
So while there beside me
He milked a lang pause.

The hale ha' was silent
Whilst I squirmed and squeezed
Tae stall inadvertent
Gas driven release.

Weel, I let go at last,
Juist couldnae restrain
The extensive repast
That was gurglin' again.

I emitted a blast,
Quite possibly methane
But efter it passed
I felt hungry again.

My belch had imparted
Alarm in the folk
Wha promptly noo started
Tae gag and tae boak.

The speaker's eyes flashed,
His wrath evident,
Decidedly fash't
At this ruined event.

That bugger called me
A disgusting pariah
And deservedly,
A Persona Non Grata!

EPILOGUE TO BREAKING WIND

A' through that lang poem
Ye'r patience I've tested
Aboot food I'd crammed doon
But no' quite digested.

Ye likely presumed
Haufwey frae the start
That the grub I'd consumed
Wad sire a great fart.

Had been that the case
On that fatefu' night
My public disgrace
Wad gossip ignite.

And that, my dear folks
Wad cause me tae be
The butt of wersh jokes
FOR YEARS IN THIS CITY!

CALLUM'S SECRET

That Callum's a guid man
There's nae doot at a',
If ye've need o' a poun'
He'll offer ye twa.

And if ye've a drouth
But huvnae a brew
He'll ply ye wi' drinks
Until ye get fou!

If plastered ye get
He'll tak' a' the blame
And arrange for his wife
Tae motor ye hame.

But listen tae me,
I lately found oot
That that Hielan' chiel
Is gung-ho tae shoot.

He'll shoot at cley skeet
Or even tin cans
And that's fine wi' me
If that's whaur it ends.

But he loves tae hide
In a blind he'll construct
And inside he'll bide
TAE AMBUSH A DUCK!

THE HONEYMOONERS

The weddin' guests had a' gaun hame,
Noo Lizzie practiced her new name
As if she wanted tae proclaim
       The title Missus;
Then add tae that her new surname
       Tae flaunt her status.

Whilst takin' aff oor weddin' claes
In oor secret nuptial place
She shyly asked me tae unlace
       Her weddin' dress
So she could hae mair breathin' space;
       I whooped: "Success!"

'Cos dae'n that got me excited,
Frankly I was quite delighted
Thinkin' that she had invited
       Me tae start things aff;
But naw! the spark that she'd ignited
       Juist made her laugh.

"Ye'll bide ye'r time" tae me she said:
"I'm no' aboot tae gang tae bed,
I want that book I've never read,
       The ane ye brought,
The ane that was prohibited,
       The Hindus wrote."

Weel, no' at a' the least bit fash't,
Ma hopes as yet had no' been dashed
Ev'n tho' ma plans had a' but crashed
       But truthfully,
Though tempted noo tae gettin' smashed,
       I let it be.

She skimmed right through that book sae fast
Like some speed read'n enthusiast,
Eyebrows loupin', starin', aghast,
       Yet fell a-dither
At a' these nudes and a' these weys
       Tae come thegither!

We finally got intae bed,
Whit happened then, for noo, 'nuff said:
Next morn I thocht I'd go ahead
       And ask her why
She wadnae try whit she had read:
       She'd nae reply.

As we got dressed and breakfasted;
Liz wis quiet, contributed
Naethin' that a dunderhead
       Like me could use
Tae mend whitever I had said
       And call a truce.

"Liz," I said: "I'm curious Hen,
Why you'd get moody even when
I'm only askin' your consent
        Tae pleasure Ye;
Ye'r silence seems like ye'r intent's
        Tae punish me!"

"Aw, dinnae fash yersel" she sniffed,
Reachin' for her handkerchief:
"I'm no' at a' the least bit miffed,
        I'm juist sae gled
I'll never huve tae seek relief
        Like Kama Souter did."

I took that as a compliment
Though puzzlin' me tae some extent;
On askin' her juist whit she meant
        Cried she: "Ye maun be kiddin',
That book, for ye'r enlightenment's
        Noo buried in the midden!"

**Mastering The Great
Highland Bagpipes!**

GLOSSARY

A' = all
Ae = one
Barlinnie = Glasgow jail
Bevvied = drunk
Boak = vomit
Bricht = bright
Brocht = brought
Cadger = bum
Cheenie = china
Cratur = creature
Dither = waste time
Disnae = does not
Fa' = fall
Fash = bother
Faur = far
Feckless = weak
Fell = dreadfully
Fou = full
Freen = friend
Gar = make, cause
Gaun = going
Giftie = talent
Girnin' = complaining
Gowk = dolt
Guid = good
Haun = Hand
Hielan' = highland
Honkin = stinking
Houghmagandie = sex
Hurdies = buttocks
Ilka = each, every
Jine = join
Juist = just
Keelie = Glasgow fellow

Kirk = church
Laith = loth, loath
Loupet = leapt
Maw = mother
Maunna = must not
Meenister = minister
Midden = trash heap
Muckle = much
Numpty = clown
Plootered = drunk
Pluke = pimple
Podger = club
Pub = tavern
Puggled = mixed up
Puir = poor
Quean = young woman
Randan = drunken spree
Reekin' = stinking
Shin = shoes
Shullin = silver shilling
Sic, sich = such
Swalt = swallowed
Syne = then, ago
Tanner = silver sixpence
Thocht = thought
Tinnie = metal mug
Trews = undershorts
Tuppenny = two penny
Twa = two
Unco = remarkable, very
Wallie = porcelain
Wean = child
Whaur = where
Wheechin' = whooping

ABOUT THE AUTHOR

IAN MYERS

Born and raised in The Royal Burgh of Renfrew, Scotland, he emigrated to and traveled Canada and the U.S.A. with his wife Doreen and sons Steve and Ken. Retired to the Sierra Foothills of California.

In early 2021 Ian plans to publish "MACLEISH!", an epic narrative poem set in the 19th century Scottish Highlands. Opening with the execution of an innocent man, six main characters interact in a bizarre series of events which relentlessly build to a hair-raising battle between two unearthly powers. At stake is the future of an infant anti-Christ and.....that of Humanity.

Readers may ask: How did this author morph from the occult blood and guts of "MACLEISH?" to the exuberance of "HAGGIS TALK!"? Ian answers that, although intrigued by the eerie creations of authors H. G. Wells, E. A. Poe, Dennis Wheatley et al, he has been progressively captivated by the poetry of Robert Burns. Explaining further that while working on "MACLEISH!", he wrote the comical stuff to add to the entertainment at informal Scottish festivities like Burns Suppers. Conceived originally reading Burns' immortal "TAM O' SHANTER", the birth of "MACLEISH!" occurred after a twenty year, albeit fitful gestation. Ian requests that if you liked "HAGGIS TALK!" or look forward to "MACLEISH!" your honest review will be warmly welcomed.

www.ingramcontent.com/pod-product-compliance
Lightning Source LLC
Chambersburg PA
CBHW071335130626
46556CB00004B/1912